MES
PREMIERS ÉCARTS

POÉSIES

PAR

AUGUSTIN POLLET

(De la Bassée.)

LILLE

IMPRIMERIE ET LIBRAIRIE HOREMANS

1867

MES

PREMIERS ÉCARTS

POÉSIES

PAR

AUGUSTIN POLLET

(De La Bassée.)

LILLE

IMPRIMERIE ET LIBRAIRIE HOREMANS

1867

ÉPIGRAPHE ÉNIGMATIQUE.

Sans cesse, en moi, deux voix se livrent des querelles :
L'une, celle du cœur, voudrait des chants d'amour
      Radieux comme un beau jour,
Doux comme les soupirs des jeunes tourterelles ;

L'autre, celle de mon esprit épais et lourd,
Voudrait des chants haineux, des satires cruelles,
      Comme des vipères mortelles,
Implaçables ainsi que l'antique vautour ;

Mais comme sous le fouet souvent un vieil ânon,
Pour ne pas obéir, je fais la sourde oreille ;
Et, pour ne pas dire oui, je ne leur dis pas non.

Comme le ver-luisant lorsque le jour s'éveille,
Plutôt que de briller du feu des passions
Je m'efface et résiste à leurs tentations.

LE DÉVOUEMENT

D'UN BOURREAU.

Assis dans sa maison dont les volets sont clos,
Un homme à l'œil vitreux, au sein plein de sanglots,
Gémit comme un enfant qui voit mourir sa mère.
Cet homme éprouve donc que la vie est amère
Pour être si souffrant et si fort abattu?...
Le malheur serait-il le fruit de sa vertu?
Quel est donc le fatal destin qui le gouverne,
Ce malheureux au front pensif, au regard terne?

Depuis quinze ans il vit sans pouvoir se roidir
Contre une angoisse amère impossible à bannir :
Il n'avait que sa femme et son fils pour famille ;
Mais un jour son enfant disparut ; dans la ville
Et partout on chercha ; mais, hélas ! bien en vain :
Jamais plus son enfant, son espoir, ne revint !...
Sa femme en mourut.— Seul, cet homme put survivre,
Sous le poids d'un chagrin dont rien ne le délivre.

Eh bien ! malgré l'affreux désespoir paternel
Où le rapt de son fils l'a plongé sans rappel,
Ce père malheureux n'est pas digne qu'on verse
Une larme pour lui ! car cet homme est l'inverse

De ce que son aspect semble faire penser :
Le jour où son enfant disparut, sans laisser
Rien que son souvenir, cet homme abominable,
Cet homme avait tué lâchement un coupable !

Oui cet homme qui pleure et se froisse le sein
N'est autre que Sanson, le légal assassin !
Ah! bien loin qu'il soit plaint par un cœur sympathique,
Qu'il soit plutôt maudit ce boucher juridique !
Que la honte, l'opprobre et le dédain vengeur,
Poursuivent à jamais cet ignoble égorgeur !
Que ses nuits et ses jours ne soient que des abîmes !
Qu'il souffre ce qu'il fit souffrir à ses victimes !

— Dans le sombre cachot des condamnés à mort,
Sur sa couche de paille un beau jeune homme dort.
Son souffle haletant trahit l'inquiétude.
Ah ! qu'il est loin le temps où la sollicitude
De sa mère veillait toujours sur son repos !
Maintenant son sommeil, troublé comme un chaos,
Ne s'offre plus qu'avec des cauchemars funèbres,
Où toujours un couteau brille dans les ténèbres !

Les blafardes lueurs qui précèdent le j
Annoncent que bientôt il sera de retou
Mais tandis que la nuit pâlit et se dérobe,
Tout à coup le silence et le calme de l'aube,

Par le concert bruyant, les éclats redoublés
De marteaux chevillant, sont brusquement troublés.
Contraste étrange! à l'heure où le soleil va naître,
D'ici bas une vie, hélas! va disparaître.

Au fracas des marteaux, le jeune malheureux
Se réveille en sursaut, frissonnant, anxieux;
Car il soupçonne bien, dans sa morne détresse,
Que pour lui maintenant un échafaud se dresse.
C'est en vain qu'il voudrait se tromper, c'est en vain
Qu'il voudrait évoquer le vaporeux essaim
Des visions pour croire au prestige d'un rêve :
Devant lui le réel comme un aspic se lève !

O pauvre condamné ne te lamente pas!
Sans broncher, sans faiblir, regarde le trépas !
Meurs sans rien implorer; car la plainte banale
Ferait rire la foule à ton heure fatale,
Et la pitié pour toi n'aurait pas un seul mot !
Allons! prépare-toi; sois ferme; car, bientôt,
Le sinistre coupeur de têtes va paraître...
Mais on entend marcher, c'est déjà lui peut-être!

On tire les verrous, et de ces lieux obscurs
La porte lourde s'ouvre en ébranlant les murs.
Un homme alors paraît, lentement il s'avance,
En saluant avec un air de prévenance.

1.

Pour faire la toilette au pauvre condamné,
Par son métier sanglant cet homme est amené.
Mais d'où vient que soudain il pâlit, il tressaille,
A l'aspect du jeune homme étendu sur la paille?

Est-ce que l'air candide et jeune du captif
Ferait naître en son cœur un sentiment plaintif?
D'une noble pitié la voix puissante et libre
Trouverait-elle en lui quelque secrète fibre?
Mais non; de la nature il maîtrise l'élan!
Et recouvrant son calme affreux et désolant,
Silencieusement maintenant il s'apprête
A faire une effrayante et sinistre toilette.

Mais pourquoi le bourreau se trouble-t-il encor?
A peine a-t-il touché la chevelure d'or
Qui tombe mollement en boucles de la tête
Du condamné, pour qui l'espérance est muette,
Que, s'empreignant soudain d'une affreuse pâleur,
Son visage décèle une grande douleur.
Ah! mais c'est qu'à l'instant il vient de reconnaître
Un signe que portait un enfant qu'il vit naître!

Oui, l'enfant qu'il regrette et dont l'éloignement
Entretient dans son cœur un éternel tourment,
L'enfant qu'à chaque instant de ses longs jours il pleure,
Est là devant ses yeux... mais à sa dernière heure!

Dire ce qu'il éprouve est plus que mon pouvoir.
Pères au cœur saignant, vous seuls pouvez savoir
Quelle affreuse douleur, quelle angoisse terrible
Doit éprouver cet homme odieux, mais sensible.

Comprimant son angoisse en son cœur délirant,
Et recouvrant enfin quelque calme apparent,
Au jeune homme, debout sur la paille dorée,
Il adresse ces mots d'une voix altérée :
— « Pauvre enfant... à votre âge être si criminel !...
Est-il vrai, mon enfant, qu'il n'est point trop cruel
L'arrêt qui vous condamne au sort du misérable ? »
Et le captif répond : « Je ne suis pas coupable !... »

— « Vous n'êtes point coupable ! et des preuves pourtant
Ont basé le verdict d'un jury compétent.
Hélas ! j'ai des raisons pour me plaire à vous croire....
Mais quel est donc le mot de votre triste histoire ? »
— « Monsieur, vous me mettez dans un grand embarras ;
Car je sais mon histoire et je ne la sais pas :
Je sais ce que je suis, je sais mon innocence ;
Mais j'ignore de qui je tiens mon existence.

Pourtant je me souviens qu'impitoyablement,
Bien jeune, à mes parents, mais je ne sais comment,
Des gens m'ont enlevé ; guidés par la vengeance
Et les instincts cruels d'une fatale engeance.

Depuis, sans cesse en butte à mille cruautés,
Traversant maints pays, allant de tous côtés,
Je vécus pauvrement, le cœur triste et malade,
Pendant quinze ans au sein d'une tribu nomade.

Au désir renaissant sans cesse plus ardent
Qui nourrissait mon cœur de vivre indépendant,
Obéissant enfin, un jour avec ivresse,
Je fuyai les bourreaux de ma triste jeunesse.
Ainsi qu'un vagabond, je vécus quelque temps
De liberté, d'air vif et de riens importants.
C'est alors que la nuit d'où mon malheur dérive,
Fatalement, hélas! sombre et funeste arrive!

A l'heure où l'on n'entend que les funèbres cris
Des chouettes volant au-dessus de Paris,...
Une nuit que j'errais lentement par les rues,
L'humeur mélancolique et l'esprit dans les nues,
Aux choses d'ici-bas je me vis rappelé
Par un cri de douleur bruyamment exhalé...
Surpris et soupçonnant l'ombre de quelque crime,
Je cherchais pour trouver et sauver la victime;

Lorsque je vis soudain quelques hommes masqués,
A l'aspect repoussant, aux mouvements brusqués,
Surgir sinistrement d'une impasse voilée,
Et s'élancer vers moi d'une seule volée...

On m'entoure, on me fouille, on m'insulte,.. et soudain,
A des bruits que l'on croit ouïr dans le lointain,
La troupe disparaît en s'écriant : « Alerte !
Déguerpissons tandis que la rue est déserte ! »

A peine se sont-ils éloignés de ce lieu ,
A peine ai-je le temps de me remettre un peu
Du trouble où cette étrange aventure me plonge,
Que des voix , qu'un écho sonore au loin prolonge,
M'appellent « Assassin !... » Je me vois arrêté,
Conduit au corps-de-garde , ahuri, garrotté.
On me fouil' ... et l'on trouve une arme encore sanglante !
Et, de sang tachetée, une bourse pesante !

Un crime affreux s'était accompli près de moi ;
Et les vrais assassins, j'ignore encor pourquoi ,
En feignant me voler, avec l'arme du crime
M'avaient glissé des louis volés à leur victime.
Vous connaissez le reste , et voyez maintenant
Si le jury n'est pas juste en me condamnant !
Tout m'accable ! et je vais expier de ma vie
Un crime qui jamais n'entra dans mon envie. »

« — O tranquillise-toi, jeune homme ! et ne crois pas
A l'accomplissement de ton sanglant trépas !
Car je vais révéler que je suis le coupable,
Le seul auteur du crime , hélas ! dont on t'accable.

J'ai tout fait... et je vais mourir en te sauvant.
Je voudrais bien pouvoir baiser ton front avant ;
Mais je ne suis pas digne, hélas ! de cette grâce. »
Secrètement ému, son fils alors l'embrasse...

Pour argenter le voile immense de la nuit
Il suffit d'un rayon de l'astre qui reluit ;
Pour embaumer le souffle amoureux d'une brise,
Que l'air dans ses réseaux diaphanes tamise,
Il ne faut que l'arôme enivrant de la fleur :
Ainsi le dévouement, sublime enfant du cœur,
N'a qu'à clore une vie, eût-elle été sanglante,
Pour la couronner d'une auréole éclatante.

Maintenant le captif est libre... mais, hélas !
Mieux vaudrait qu'il fût mort d'un ignoble trépas...
Car ce billet fatal de chagrin le consume,
Et plonge pour toujours son cœur dans l'amertume :
« Ton père a fait mourir le mien, et j'ai tout fait
Pour qu'il t'anéantît avec son couperet.
Mais par sa mort qui t'a laissé ton existence,
L'infâme m'a volé tout espoir de vengeance ! »

SANS QUEUE NI TÊTE

Le cœur ému, l'air fou, les yeux presque fermés,
A voix basse, l'accent voilé comme un mystère,
Un jour un poétique insensé que j'aimais
Me fit ce court récit d'un rêve involontaire :
« Il roule dans l'espace éternel à jamais
L'indomptable orgueilleux qui fit sauter la terre,

Parmi les fulminants et monstrueux débris
Qu'il se vante avoir faits pour mesurer ses forces !
Ses membres et son corps vainement sont meurtris,
Déchirés et rompus ainsi que des écorces,
Par les chocs écrasants des éléments détruits :
De la plainte jamais il ne sent les amorces !

Cet homme que par ordre a dédaigné la mort,
Je désirais le voir pour ouïr son langage ;
Car, je ne sais comment, je connaissais son sort ;
Et pour faire ce grand et périlleux voyage,
Par l'aile j'agrippai, dans un suprême effort,
Un rapide ouragan messager de l'orage.

Je parvins donc au but de mon voyage ainsi.
L'homme était invincible au sein d'un astre informe ;

Mais sa voix jusqu'à moi fait parvenir ceci
Du centre ténébreux d'un tourbillon énorme :
« Tu veux savoir ma vie ? Écoute, la voici :
» Et qu'à son gré ton cœur la réveille ou l'endorme !
» Ma force et mes talents me rendirent vainqueur
» Des peuples et des rois ! et ma beauté, des femmes !
» Mais ces triomphes nains n'étaient rien pour mon cœur.
» J'en voulus un plus grand pour répondre à ses flammes :
» Et la terre éclata comme un rire moqueur !
» Et dans l'espace immense ensemble nous sombrâmes !...

» Comme d'un astre éteint rentré dans le chaos
» La lumière longtemps brille encore dans l'espace,
» Ou comme dans la terre on retrouvait des flots,
» Avec étonnement, la véritable trace ;
» Ainsi, tant que la vie animera mes os,
» Mon ardeur de lutter sera forte et vivace ! »

C'est ainsi qu'il parla. Son langage hautain
Respire encore le feu d'un orgueil inflexible.
Mes regards maintenant voudraient le voir en vain ;
Car il est condamné, punition terrible !
A vivre pour toujours renfermé dans le sein
De l'astre qu'il lança dans l'abîme insensible. »

L'HYMNE DE LA PAIX

Comme des immortels animent leur silence
Dès qu'un signal divin par eux est entendu,
A l'appel fraternel, à la voix de la France
Tous les peuples du monde en chœur ont répondu !
Et comme se rattache un père à l'existence
En retrouvant un fils depuis longtemps perdu,
Paris a tressailli d'ivresse et d'espérance
Au spectacle inouï sous ses yeux étendu.

Toutes les nations ont envahi l'arène,
L'arène du progrès et de l'humanité,
Pour remporter le prix que le génie amène
Dans les rangs où reluit son astre en liberté.
De la France jamais, jamais de notre reine,
Sous tant de vrais trésors, le cœur n'a palpité ;
Mais de tous ces chefs-d'œuvre, efforts de l'âme humaine,
Jaillira-t-il un jour une utile clarté ?

2

Qu'en pourra-t-il surgir ? qu'en verra-t-on éclore ?
Ainsi que le soleil jaillissant des splendeurs
Que son ardent foyer communique à l'aurore,
Où comme le parfum qui s'exhale des fleurs,
De cette légion de merveilles qu'adore
Toute âme alimentant de sublimes grandeurs,
Verrons-nous s'élever ce que chacun implore :
La paix universelle amante de nos cœurs ?

Oui, comme un arc-en-ciel des reflets d'un nuage,
La paix naîtra du sein de l'immense concours
Où ce qui fait l'honneur, la gloire et le courage
Des peuples resplendit pour enchanter nos jours,
La paix rayonnera sous un jour sans mirage,
Séchant partout les pleurs et prodigue en secours ;
Et de la liberté réfléchissant l'image
Sans cesse du progrès elle aidera le cours.

LA

CANTATE DE L'EXPOSITION

Comme une mer rentrant dans son lit plein d'écueils
A l'heure où la marée accélère ses ondes,
Lorsque le jour mourant déserte tous les seuils,
Sur l'aile du silence et des ombres profondes
S'ouvrant de toutes parts un ténébreux chemin,
La nuit sombre envahit le palais des merveilles,
Le somptueux palais où le génie humain
A rassemblé les fruits de ses ardentes veilles.
Tandis que sur la terre un voile obscur s'étend,
Et que tout dans la nuit disparaît et s'efface,
Dans ce vaste palais de splendeurs éclatant
Pénétrons en silence ainsi que l'ombre passe.
Tout est silencieux ; nuls bruits, nuls mouvements
Ne troublent l'air muet : tout y semble tranquille ;
C'est à peine si l'œil aperçoit par moments
Quelques pâles reflets d'une flamme qui brille.

Profitons de cette heure, où de l'aveugle nuit,
Dans un jour incertain, serpentent les ténèbres,
Pour contempler au sein de mille ombres funèbres
Tout ce que l'industrie et les arts ont produit.
Mais ô surprise étrange ! à peine nos regards,
Ardents et curieux, ouvrent-ils nos paupières,
Que du palais soudain s'éteignent les lumières !
Et que l'obscurité s'étend de toutes parts !
Maintenant tout est noir, morne et silencieux ;
Tout semble évanoui dans le sommeil et l'ombre ;
Et ce palais avec ses richesses sans nombre
Disparaît comme un songe et se voile à nos yeux.
Mais ne semble-t-il pas qu'exhalés de la nuit
D'harmonieux et doux accords se font entendre ?
N'entend-on pas aussi ce chant suave et tendre,
Ce chant dont notre cœur ému se réjouit ?

« Déesse magnanime au pouvoir souverain,
            O fille idolâtrée
De l'immense univers ! France au regard serein,
            France, belle adorée ;
Mère heureuse d'un peuple ardent et généreux,
            D'un grand peuple intrépide ;
Belle France au cœur noble, au front majestueux,
            France, toi dont l'égide

Est toujours, pour le faible et pour le malheureux,
     Un abri tutélaire,
Viens voir si nous avons accompli tous tes vœux,
     Viens à notre prière! »

A peine les accords suaves et les voix
Ont-ils fini ce chant, à peine le silence
Leur a-t-il succédé, qu'une lumière immense
De toutes parts soudain jaillissant à la fois,
Comme une mer de feu, dans le palais sans bruit,
Se répand et dissipe en un instant la nuit.
A la clarté magique illuminant les salles,
Marchant sans que ses pieds se posent sur les dalles,
De l'espérance au front portant le vif attrait,
Belle, forte, legère, une femme apparaît.
C'est la France !... elle tient le drapeau tricolore
Ainsi que le rameau d'olivier d'une main ;
De l'autre la balance et le glaive d'airain :
Elle s'avance ainsi plus belle qu'une aurore.
Devant elle les murs disparaissent soudain...
Et ce vaste palais, sous un jour qui le dore,
Lui montre les trésors amassés en son sein.
Allant à sa rencontre, une jeune déesse
Au pied leste, à l'œil vif, au port plein de noblesse,
Apparaît en montrant les étendards divers
Des peuples dispersés sur ce vaste univers.

                                       2.

Et s'avançant avec une noble assurance,
Elle se fait entendre ainsi devant la France :

L'EXPOSITION.

« Belle France, salut !... Qu'un regard maternel
Tombe sur votre fille, ô ma mère chérie !
De l'Exposition sous la voûte du ciel
   Et sur votre beau sol fleurie,
Voyez en moi la fleur, ô France au cœur sans fiel ! »

LA FRANCE.

« Que mes yeux sont charmés de vous voir, ô déesse,
Si riche de trésors, si belle de jeunesse,
   Si rayonnante de splendeurs !
Ô combien il m'est doux, d'une beauté si fière,
De pouvoir partager le divin nom de mère
   Avec les nations mes sœurs ! »

L'EXPOSITION.

« Je dois aux nations, ô généreuse France !
Je leur dois comme à vous ma splendide existence ;
   Car, ainsi que vous, sous vos yeux,
Elles ont prodigué les œuvres du génie
Et dépouillé pour moi la nature infinie
   De ce qu'elle a de précieux.
Par elles et par vous, ô France, je rayonne !
Et moi, comme les fleurs d'une vaste couronne,

Je vous rassemble en ce palais,
Toutes les nations à vos yeux vont paraître...
Et de leurs voix déjà vous devez reconnaître
Les accents doucement perlés. »

LES NATIONS.

« Salut ! belle et noble France !
Ton nom qui nous réunit,
Près de toi, de l'espérance
Nous fait savourer le fruit »

LA FRANCE.

« A vos voix enchanteresses
Je suis venue en ces lieux...
Et de toutes les déesses
La plus belle est sous nos yeux. »

LES NATIONS.

« Pour que notre fille, ô France,
Rayonne au sein des trésors,
Nous avons l'humble assurance
D'avoir fait tous nos efforts. »

LA FRANCE.

« Nations, mes sœurs chéries,
Vous avez fait comme moi,
Et nos arts, nos industries,
Ont suivi la même loi. »

LES NATIONS.

« Puisqu'une œuvre si divine
A notre accord doit le jour,
Que nul souffle ne ruine
Notre mutuel amour !

LA FRANCE ET LES NATIONS.

« D'une ère grande et prospère,
De paix, d'élévation,
O belle Exposition,
Soyez la pierre angulaire ! »

A ces mots, dans un cercle ardent et radieux,
Les déesses ensemble abandonnent ces lieux.
Le silence à l'instant mollement rouvre l'aile
Et berce le repos, son compagnon fidèle ;
Et dans les plis obscurs du voile de la nuit
Le palais de nouveau sombre et s'évanouit.
Lorsque le cours rapide et régulier des heures
Ramène les rayons du jour dans nos demeures,
Tumultueusement la foule des humains
Envahit le palais, en suit tous les chemins.
Et les yeux éblouis devant ces myriades
De chefs-d'œuvre amassés sous ces vastes arcades,
L'humanité s'étonne avec naïveté
D'être si grande... et songe à la pure Beauté.

LA DANSE DES MORTS.

CONTE FANTASTIQUE.

Evoquez en esprit, revoyez en pensée
Le temps où notre bonne et chère La Bassée
Nourrissait sous sa brume, ondoyant parasol,
Les paresseux enfants du beau ciel espagnol,
S'il vous plaît de rêver comme à l'âge où la vie
— Pour goûter le parfum de ses roses — convie
Les cœurs pour qui les maux ne sont pas encore nés ;
Si vous voulez rêver de rivaux malmenés,
De duels meurtriers et de bonnes fortunes,
D'onlèvements hardis de jeunes filles brunes
Aux cheveux abondants, aux grands et beaux yeux noirs
Etincelant dans l'ombre errante des beaux soirs ;
Et d'amusants récits, follement romanesques,
Pleins d'amoureux propos et de scènes grotesques,
Où l'humble sérénade, ainsi qu'un jeune oiseau,
Mêle ses chants d'amour au murmure de l'eau,
A l'heure où la nuit sombre a déployé son aîle
Et plane sur la terre, harmonieuse et belle,
Cette époque est féconde en songes gracieux,
Qui, lorsqu'on s'en souvient, rendent le cœur joyeux.
Mais si vous aimez mieux vous plonger dans le sombre
Et tressaillir d'horreur à l'aspect de toute ombre,

Si la noire couleur d'un cauchemar affreux,
A plus d'attraits pour vous qu'un récit d'amoureux,
Si votre cœur vous porte à la mélancolie,
Sur lui-même parfois s'il souffre et se replie,
Si l'angoisse implacable et sombre du malheur
Est plus grande à vos yeux qu'une faible douleur,
Reportez vos regards, songez avec courage
Au temps sombre et terrible appelé moyen-âge,
Et des faits inouis et des horreurs sans nom,
Qu'enfanta la magie ou l'esprit du démon,
Rempliront votre esprit d'une terreur secrète,
A vous faire dresser les cheveux sur la tête !
Pour celui qui la sonde et cherche des terreurs,
L'histoire de ce temps, si fertile en horreurs,
A des charmes empreints d'influences magiques
Comme des vents chargés de parfums méphitiques.
Cette époque terrible est celle où s'est passé
Le conte merveilleux, fantastique, insensé,
Que je vais essayer de vous faire connaître
Dans les alexandrins sans art que je vais mettre
A la suite de ceux que vous venez de voir,
Ou que vous n'avez vus, faute de le vouloir.

La lune aux froids rayons dans le ciel irradie
Et verse abondamment, comme un vaste incendie,
Sa lumière argentée aux reflets ondoyants,
Sur la plaine bleuâtre aux horizons fuyants,

Qui s'étend mollement autour de La Bassée
Comme sur une femme une robe-pensée.
A cette heure souvent un silence de mort
Plane sinistrement sur le monde — et tout dort ;
Mais des ris, des éclats et des chants d'allégresse
Troublent de cette nuit le calme et la tristesse.
Le doux rayonnement du bel astre des nuits
Peut vous faire savoir d'où viennent tous ces bruits,
Regardez : vous verrez, là-bas, hors de la ville,
Dans le pré vert qui touche à la porte de Lille,
Une foule de gens que rassemble l'espoir
De danser en riant aux lumières du soir.
Un rayon de bonheur dans l'ombre les caresse
Et brille dans leurs yeux animés par l'ivresse,
Car ils viennent de faire, usage d'autrefois,
Le célèbre souper de la veille des Rois,
— D'un harpiste ambulant profiter du passage
Des Basséens d'alors était toujours l'usage ;
Et comme il en venait d'arriver un chez eux,
Il s'était vu chargé de diriger les jeux ,
Les danses dont ils ont été toujours avides ;
Et puisque l'air était calme et les cieux limpides,
On avait résolu d'organiser le bal
En plein air, dans un pré mollement inégal. —

Tandis que le joyeux ménétrier prélude
Sur sa harpe flamande harmonieusement,

Et qu'il cherche une pose, une altière attitude,
Pour dominer la foule et jouer aisément,

— Ainsi que des oiseaux d'espèces différentes,
Qu'un instant la pâture a mêlés dans un champ,
Se rejoignent gaîment les familles errantes
Dès que l'astre de jour empourpre le couchant, —

Les couples au pied leste en chantant se choisissent,
Et vont prendre chacun leur place pour danser.
Des danseuses déjà les danseurs se saisissent,
Car le bal tournoyant bientôt va commencer.

La foule, à chaque instant, de la voix et du geste,
De la danse bruyante appelle le signal,
Et son impatience ardente manifeste
Le désir effréné des vertiges du bal.

Mais silence! écoutez : une voix inconnue,
Une voix de mystère on ne sait d'où venue,
Une voix dont l'accent triste et mystérieux
Vous ferait soupçonner qu'elle descend des cieux,
S'il ne s'y trouvait pas quelque chose d'étrange
Qui vous dit clairement qu'elle n'est pas d'un ange,
S'il ne s'y trouvait pas un indice fatal,
Qui décèle la voix du sombre esprit du mal;
Une voix, dis-je, au timbre ironiquement tendre
Des danseurs ébahis se fait soudain entendre;

Et, troublant brusquement le sommeil des échos,
Dans l'air elle prononce en ricanant ces mots,
Qui les terrifieraient d'une peur indicible,
Tant leur timbre est sinistre et leur accent terrible!
Si dans les cœurs mortels l'attente du plaisir
N'étouffait pas toujours la crainte de mourir :
— « Minuit va retentir : bien souvent à cette heure
L'esprit du vent ailé souffre, gémit et pleure ;
Et quelquefois aux sons, aux accents éperdus
Qu'il tire vaguement de squelettes pendus
Aux rayons tremblotants de la lune blafarde,
Qui du haut du ciel bleu sinistrement regarde,
Les sombres trépassés, froids et silencieux,
Viennent faire leur danse immortelle en ces lieux.
Mais du sépulcre horrible où tristement ils songent,
Où d'innombrables vers incessamment les rongent,
Pour danser cette nuit ils ne sortiront pas,
Car c'est avec dégoût qu'ils verraient vos ébats.
Les sombres trépassés que nul bruit n'effarouche
Aiment pourtant le souffle ardent de votre bouche ;
Mais ils ne voudraient pas s'accoupler avec vous
Pour venir faire, au chant lugubre des hiboux,
Les évolutions de leur nocturne danse ;
Car vous n'en sauriez pas observer la cadence. » —
A ces mots que la voix étrangère prononce,
Le mécontentement de la foule s'annonce

Par des clameurs de haine et par des juremonts ,
D'une fureur naissante impurs commencements.
Mais le ménétrier , — sinistre personnage
Aux grands yeux flamboyants comme deux trous d'enfer,—
A la foule , qui gronde et murmure de rage
Comme l'onde d'un vase où l'on durcit le fer ,

Impose le silence et dit d'un air étrange :
— « Enfants.., puisque les morts viennent nous avertir,
Par un lâche émissaire au langage de fange ,
Qu'il faut nous en aller pour leur faire plaisir ;

Puisqu'ils ont l'impudente et cynique insolence
De vouloir nous railler bêtement, sans pudeur,
Allons-nous lâchement abandonner la danse ?
Non ; soyons courageux et bannissons la peur. ,

Je saurai vous venger de leur insulte amère !
Car j'ai jadis appris , par des pâtres errants ,
Que les morts orgueilleux du morne cimetière
Endurent les douleurs poignantes des mourants

Lorsque les vivants font leur danse taciturne.
Allons ! couples joyeux, aux sons de mes accords ,
Faites , pour vous venger, à cette heure nocturne ,
La danse fantastique et bizarre des morts ? » —

Comme un vautour qu'enivre et regorge une proie ,
La foule frémissante applaudit avec joie.

L'impatient et vif désir de se venger
Des morts qui, par dédain, viennent de l'outrager,
La fait subitement embrasser sans réserve
Le projet du malin harpiste qui l'observe.
Dans l'ombre noire ainsi qu'une aile de corbeau,
Que projettent les bords d'un large et grand chapeau,
Pourquoi sournoisement un rire sardonique
Erre-t-il, en sifflant, sur la lèvre ironique
Du harpiste étranger ? pourquoi dans ses grands yeux
Brille-t-il un éclair sinistrement joyeux
En voyant que la foule à son avis se range ?
Ah ! tout cela promet quelque chose d'étrange !
Poussés par la vengeance et l'espoir du plaisir,
Les couples sont formés et sont prêts à bondir ;
Et le ménétrier à l'ombre d'une yeuse,
Accorde maintenant sa harpe harmonieuse,
Pour leur cadencer l'air de la danse des morts...
La harpe a tressailli ! de magiques accords
Naissent en palpitant sous le doigt qui la presse,
Comme l'amour au cœur d'une jeune maîtresse
Que couvre de baisers un jeune et tendre amant,
Et l'air s'emplit soudain d'un long frémissement !
La foule alors s'ébranle et bruyamment s'élance
Dans les bondissements rapides d'une danse,
Dont le rhythme, hippogriffe du vol audacieux,
Sur son aile puissante habituée aux cieux ;

Semble, enchaînant leurs pas à des accords féeriques,
Emporter les danseurs qu'il rend tous frénétiques,
Comme une trombe enlève en ses noirs tourbillons
Les feuilles dont l'automne a jonché les sillons
Et les champs où naguère elles prodiguaient l'ombre.
De minuit maintenant sonne au loin l'heure sombre ;
Et loin d'en ressentir le froid de la frayeur
Chaque couple à la danse apporte plus d'ardeur.
Tandis que, de la danse enivrante, la foule
Savoure avec transports l'attrait vertigineux,
Et que de ses pieds vifs et légers elle foule
L'herbe où la lune étend un réseau lumineux ;

On dirait tout à coup que l'horizon s'avance,
On dirait que ses bords vagues et vaporeux,
Blanchissant aux rayons que l'astre des nuits lance,
Se rapprochent ainsi que deux bras amoureux.

Comme une jeune fille, au-dessus de ses hanches,
D'une souple ceinture entoure son beau corps,
On dirait maintenant qu'un essaim d'ombres blanches
Cerne le bal bruyant où vibrent mille accords,
Quel est donc le dessein de ces ombres étranges ?
Que viennent-elles faire à cette heure en ces lieux ?
Comme au souffle du vent les vapeurs de nos fanges
Pourquoi tremblent-ils donc ces fantômes sans yeux ?

Mais la voix tout à coup se fait encore entendre !
Qu'exige-t-elle encor ? que peut-elle prétendre ?
Elle parle... Ecoutons : — « O gai ménétrier !
Toi dont le doigt puissant sait si bien marier
Ensemble, avec accord et douce mélodie,
Les sons mystérieux, la secrète harmonie,
Dont ta harpe céleste aux belles cordes d'or
Recèle intimement le précieux trésor ;
Nous sommes attirés par le charme magique
De ton incomparable et sublime musique,
Comme par le soleil les larmes du matin,
Ou comme par aimant l'aiguille du marin ;
Et vous, couples dansants cernés à l'inproviste,
Soyez à jamais fiers d'avoir un tel harpiste ;
Car vous n'auriez guère eu le plaisir de nous voir
S'il n'était pas doué d'un souverain pouvoir.
Nous allons donc danser ensemble, ô belles dames !
O danseurs amoureux aux regards pleins de flammes !
Afin de vous apprendre à faire sans faux pas
Notre danse des morts, danse pleine d'appas. » —

La voix se tait. Soudain, ô terreur ! ô mystère !
Rejetant leurs linceuls ondoyants en arrière,
Des sombres trépassés les squelettes hideux
S'élancent dans le bal avec un rire affreux !
— Car le silencieux essaim de formes blanches,
Aussi vague que l'air, tremblant comme des branches ;

3,

Qui du bal animé fermait tous les abords,
Était la légion innombrable des morts. —
Et l'on entend crier des voix injurieuses :
« A nous les beaux danseurs et les belles danseuses! »
Vainement les vivants veulent fuir les baisers
Froids et putréfiants des hideux trépassés ;
L'âme d'une musique ardente les enchaîne,
Irrésistiblement le rhythme les entraîne.
Les squelettes tremblants qui furent jadis femmes
Enlacent dans leurs bras glacés comme des lames,
Les beaux et malheureux danseurs épouvantés
De sentir palpiter des morts à leurs côtés ;
Et ceux que l'autre sexe anima dans la vie,
Se jettent, en grinçant de désir et d'envie,
Sur les jeunes beautés aux longs regards charmants,
Qu'ils flétrissent de leurs hideux embrassements...
Maintenant le bal offre un spectacle terrible :
Une danse effrénée, épouvantable, horrible,
Halète, tourbillonne aussi rapidement
Qu'un ouragan fougueux au sourd mugissement.
C'est vraiment une chose impossible à décrire
Que ces vivants aux bras de ces morts en délire,
Dont s'agitent, ainsi que les ailes du temps,
Dans l'ombre de la nuit les longs suaires blancs ;
Que cette foule active et vive qui se roule
Sur elle-même ainsi qu'une bruyante houle,

Et qui se précipite avec acharnement,
Aux sons mystérieux d'un magique instrument,
Dans l'éblouissement, dans l'orbe fantastique,
D'une danse fiévreuse, immonde et frénétique !
En voyant ce délire inconnu sous les cieux
Un voile de terreur s'étend devant nos yeux.

Pourquoi, quittant sa place au plus fort de la danse,
Le harpiste en jouant s'en va-t-il dans les champs ?
Mais la foule en dansant sur ses traces s'élance...
Tout est bouleversé sous ses pieds bondissants.

Après un long circuit, il rentre dans la ville,
Et la foule toujours le suit comme un torrent...
Dans le ciel azuré la pâle lune brille,
Elle pose sur tout un voile transparent.

S'ils retournent rentrer dans leurs tombes muettes,
Où ne descend jamais le pur souffle des vents,
Pourquoi donc ces tremblants et sinistres squelettes
Veulent-ils avec eux entraîner les vivants ?

Dans le mélancolique et morne cimetière
A peine le harpiste entre-t-il, ô terreur !
Que la foule soudain s'engouffre tout entière
Dans les tombes ! ainsi que dans l'onde un nageur.

On dit que nul vivant ne revit sa demeure.
Quant au ménétrier, mystérieux railleur,
On dit que ce ne fut pas là sa dernière heure :
Car c'était un sorcier, un malin suborneur.

Allègres Basséens, gentilles Basséennes,
Qui voyez resplendir le soleil de ce jour,
Quand vous voudrez goûter de nos danses anciennes
De peur d'être sujets à quelque mauvais tour
Choisissez, s'il se peut, la danse de l'amour.

UN DÉBAUCHÉ.

Voyez-vous ce jeune homme aux allures étranges,
Au teint pâle, aux yeux bleus doux comme ceux des anges,
Aux cheveux longs et noirs ondulant mollement
Sur son épaule ronde ainsi qu'un vêtement,
Qui s'enivre, attablé dans ce cabaret borgne
Dont la fille impudique incessamment le lorgne ?
Eh bien, ce doux jeune homme était naguère encor
Candide comme un lis, pur comme un bouton d'or ;

Et jamais il n'avait souillé la noble flamme
De son cœur aux rayons impurs du vice infâme.
Avec insouciance, au déclin d'un beau jour,
Une fois il errait, le cœur vierge d'amour,
Dans un sentier champêtre où l'aubépine abonde.
Son œil, où l'ennui nage ainsi qu'un flot dans l'onde,
Regardait vaguement, à l'occident vermeil,
Les magiques splendeurs du coucher du soleil,
Quand, sur le fond du ciel rouge comme une aigrette
Dessinant une svelte et douce silhouette,
Au détour du sentier, une enfant de seize ans,
Douce comme un baiser, belle comme un printemps,
Courbant sous son pied leste à peine l'herbe verte,
Se montra, l'œil brillant et la bouche entr'ouverte.
Dans les yeux du jeune homme étincela soudain
Le fulgurant éclair des passions sans frein ;
Et, dans son jeune cœur, la belle promeneuse
Entendit de l'amour la voix impérieuse.
— Après deux mois d'amour, d'ivresse et de bonheur,
Par celle qu'il croyait sa joie et son honneur,
Le jeune homme se vit, déception poignante,
Délaissé pour un autre... et fut privé d'amante.
Contre son désespoir et son mortel ennui,
Il lutta, mais en vain : le plus faible était lui.
Enfin, pour s'étourdir et combattre l'envie
Qui toujours le pressait d'abandonner la vie,

C'est alors que se fit la révolution
Qui l'a mis dans le vice et dans l'abjection.
Et depuis, comme un cygne en une mare impure,
Il vit dans la débauche et souille la nature ;
Mais sans pouvoir, hélas ! malgré sa volonté,
Bannir le souvenir d'un passé regretté.
Voilà pourquoi, le cœur saturé d'amertume,
Pour écrire ces vers il prit un jour la plume :

« A LA DÉBAUCHE.

Dégoûtante adorée, ignoble souveraine
D'un monde titubant qui se vautre et se traîne
Dans le sale bourbier des vices graveleux ;
Déesse bourgeonnée aux yeux louches et ternes,
Toi pour qui les clartés fumeuses des tavernes
Donnent un jour plus doux que les célestes feux ;

Reçois-moi dans tes bras, ô débauche impudique !
Presse-moi sur ton sein d'une étreinte bachique !
Que ton souffle empesté rende le mien impur !
Que ta bouche béante à mon aride lèvre
Donne un baiser vineux qui me donne la fièvre !
Et que ton œil éraillé aussi mon œil d'azur !

Je sais que sur la terre, ô débauche exécrable !
Je sais bien qu'il n'est rien de plus abominable,

Que rien n'est plus immonde et plus hideux que toi !
Et pourtant je t'adore ! et pourtant je t'embrasse !
Et pourtant de mes bras tendrement je t'enlace !
Et pourtant ton aspect fait tout vibrer en moi !

Car, vois-tu, cette vie uniforme m'ennuie ;
Je suis las de brouillard, de soleil et de pluie,
Et du fade dégoût dont se nourrit mon cœur.
La vertu me rend triste et la candeur me glace ;
Je veux un stimulant qui m'enflamme et m'agace :
Voilà pourquoi j'invoque aujourd'hui ta faveur.

Souffle dans ma poitrine un feu qui me dévore !
Que gorgé de plaisir toujours je dise : Encore ?
Qu'une éternelle orgie aux nuits mêle mes jours !
Des hideux lupanars ouvre-moi les repaires !
Daigne m'initier aux infâmes mystères,
Aux lubriques plaisirs des banales amours.

La gorge et les seins nus, les mains chaudes vives,
Que des femmes sans nombre, ardentes et lascives,
Alimentent l'ardeur de mes désirs sans frein !
Que les raffinements de leurs poses m'excitent !
Et que leurs charmes nus sans relâche m'invitent,
En rallumant les feux, à me remettre en train !

Allons, débauche ; allons, ouvre-moi la sentine
Où ton sale troupeau se vautre et s'achemine

En braillant l'insolence et d'infâmes propos !
Que les emportements d'une folle allégresse,
Que le vertigineux délire de l'ivresse,
Me fassent bruyamment exulter sans repos ?

Je veux me retremper dans ta fange, ô débauche !
Jusqu'à ce que la mort comme une herbe me fauche
Je veux me pervertir, m'infecter dans ton sein !
Au bruit des chants de joie et des coupes brisées
Je veux flétrir mon cœur et mes chastes pensées,
Comme des fleurs au souffle impur d'un air malsain.

Vive la volupté ! vive l'ivrognerie !
Vive l'ébouriffante et burlesque furie
Des ivrognes rageurs au regard hébété !
Je veux aussi crier, brailler, casser des verres !
Molester tout le monde, éteindre les lumières !
Et m'ébattre en jurant partout en liberté !

La lèvre frémissante et le cœur en bombance
Sur le sein d'une femme expirer sans souffrance,
C'est ainsi qu'à la mort tu laisseras ses droits.
Mais jusqu'à ce moment, sans honte et sans vergogne,
Tu me verras hanter, libidineux ivrogne,
Les bouges, les taudis où dominent les rois.

Lille, Imp. Horemans.

Lille. Imp. de Horemans.